MAIGRIR

ET VOIR LA VIE EN ROSE

© 2003, Albin Michel Jeunesse - 22, rue Huyghens, 75014 Paris

www.albin-michel.fr

Dépôt légal : premier semestre 2003

N° d'édition : 12814 - ISBN : 2 226 14122 7

DOMINIQUE GLOCHEUX

MAIGRIR
ET VOIR LA VIE EN ROSE

ALBIN MICHEL

A Élise, petit amour de dix-sept livres, le poids exact du bonheur.

Merci à Muriel & Alain Bosetti, à Frédérique & Nicolas Bastien, à Lucette Savier,
    à Laurence, Laurent, Fanny & Zac Taieb,
    et à Françoise & Alexandra, pour l'amitié sans défaut.

Thanks to Fionna, Island, Jennifer, Laura, Liam, Lily Rose, Margaux, Nikita, Shauna & Tiuraï,
    for all the love and care you give me.

"La santé n'est pas tout, mais sans la santé, tout n'est rien" Schopenhauer
"Tout ce qui n'est pas donné est perdu" proverbe indien
"Le bonheur va vers ceux qui savent rire" proverbe japonais
"Je me contenterai du meilleur" Oscar Wilde
"Je me contenterai du bonheur"
"Je vous aime..."

1. Soyez raisonnable, faites-vous plaisir. Maigrir rime avec plaisir.

2. Apprenez à distinguer la faim d'une simple envie de manger.

3. Ayez un pilon et un mortier. Pour écraser herbes et épices.

4. Mangez l-e-n-t-e-m-e-n-t. Manger vite fait souvent manger trop.

5. Apprenez à sauter à la corde.

6. Équipez-vous pour cuisiner facilement à la vapeur.

7. Attendez d'avoir faim. Pas seulement envie de manger.

8. Soyez votre meilleur ami.

9. Cessez d'acheter ce que vous regrettez d'avoir mangé.

10. Remplacez votre balance par un mètre-ruban.

11. Soyez disponible, détendu, pas pressé, avant chaque repas.

12. Apprenez à reconnaître dix herbes et vingt épices.

13. Concentrez-vous sur ce qui va bien. Pas le contraire.

14. Donnez à votre corps ce dont il a besoin. Pas ce qu'il réclame.

15. Répétez souvent les mots magiques : "je peux le faire".

16. Fréquentez des gens ayant perdu du poids. C'est contagieux.

17. Mordez la main qui vous redonne à manger.

18. Évitez une catastrophe annoncée. Évitez d'être en même temps le ventre vide, seul, fatigué et près d'un réfrigérateur.

19. Arrêtez-vous et sentez les roses. Laisser perdre ces moments, c'est perdre votre journée, la meilleure partie de votre temps. On se souvient longtemps des moments, pas des journées.

20. Cherchez d'abord à gagner en santé, vitalité, joie de vivre et beauté. Pas à perdre des kilos. Le moment venu, vous maigrirez plus vite, et rattraperez le "temps perdu".

21. Entrez dans un magasin de fleurs et offrez-vous le plus beau bouquet.

22. Mangez a-t-t-e-n-t-i-v-e-m-e-n-t. Les papilles aux aguets.

23. Faites un bilan de santé et consultez votre médecin avant de commencer un régime.

24. Apprenez à composer divinement des salades folles et improvisées.

25⁄ Attendez le meilleur moment pour commencer un régime.
Sans être amoureux, soucieux ou malheureux.

26⁄ Surveillez vos plats habituels, vos préférés : une petite valise,
même minuscule, mais fréquemment emportée, finit toujours
par laisser des traces et vous dessiner de belles poignées.

27⁄ Ne consommez pas plus d'un plat riche par repas.

28⁄ Évitez de vous resservir. C'est juste une habitude à prendre.

29⁄ Dévalisez une herboristerie.

30. Débutez un régime à votre rythme.
Sans hâte, ni culpabilité, ni comparaison, ni frustration.

31. Mangez plus ou mangez moins, mais mangez mieux.
Et n'attendez pas demain. Ou les vacances. Ou l'été prochain.
Ou la rentrée. Ou un événement. Ou une autre date.
Le meilleur jour pour manger mieux, c'est aujourd'hui.
Le meilleur moment pour commencer, c'est maintenant.

32. Cuisinez à l'huile d'olive extra-vierge.
Ne serait-ce que pour son parfum inimitable.

33. Profitez de chaque occasion de pouvoir déjeuner sur l'herbe.

34. Trouvez 3 idées pour rencontrer vos proches ailleurs qu'au restaurant.

35. Achetez huile, sucre, beurre en petite quantité, petit format : petites bouteilles, petits morceaux, petites plaquettes.

36. Ne gaspillez pas votre temps et votre belle énergie à tenter de rivaliser, d'imiter ou d'impressionner. Le temps passe, et vous avez tellement mieux à faire et profiter.

37. Regardez l'envie de manger comme un train qui passe. Attendez le wagon de queue.

38. Dites plus souvent : "on efface tout et on recommence".

39. Ne cherchez pas
un succès rapide :
les kilos vite perdus sont
les plus rapides à revenir
et s'installer.
Perdez quelques batailles
mais gagnez la guerre.

40✓ Commencez chaque repas par un verre d'eau. Préférez-la bien fraîche : vous aurez souvent envie de vous resservir...

41✓ Finissez chaque repas par le même rituel : un verre d'eau. Idéal pour prolonger votre sensation de satiété.

42✓ N'attendez pas la ligne rouge. N'attendez pas que les boutons ne boutonnent plus, que les fermetures ne ferment plus, que les habits laissent sur votre peau des marques rouges. Danger. Pour votre santé. Pour votre cœur. Votre avenir.

43✓ Commencez votre repas par des crudités ou un fruit.

44✓ Restez fidèle à vos buts et vos principes.

45. Accueillez vos envies et tentations avec confiance et sérénité.
Vos erreurs et vos échecs sont en réalité
des leçons déguisées qui vous attendaient.
Pour vous conduire vers le succès.

46. Achetez un filet à papillons. Vous trouverez vite
des occasions de courir à travers champs et sous-bois.

47. N'attendez pas les grandes occasions
pour sortir la belle vaisselle. Les petites sont les meilleures.
Surtout quand elles se répètent souvent.

48. Donnez un coup de fouet à vos ambitions et projets :
offrez-vous un livre au rayon "développement personnel".

49. Salez moins. Le sel augmente votre sensation de faim.

50. Choisissez dès le départ un régime bien en rapport avec votre personnalité, vos goûts, votre mode de vie.
Parfois, l'échec vient seulement d'une incompatibilité.

51. Donnez le meilleur de vous-même.
Donner moins serait au-dessus de vos moyens.

52. Demandez une augmentation.

53. Partez à la recherche d'émotions et sensations culinaires subtiles et nouvelles.

54. Mesurez votre envie de manger sur une échelle de 0 à 7.
Décidez de ne manger qu'à partir de 3 ou 4. Voire 5.

55. Apprenez sans cesse à mieux vous connaître.
Pour mieux vous changer. Pour mieux vous trouver.

56. Associez légumes et féculents, en volumes équivalents.
Mélange gagnant.

57. Débrouillez-vous pour marcher 7 minutes après chaque repas.

58. Aimez-vous tel que vous êtes. Sinon, même avec
quelques kilos en moins, vous ne vous aimerez pas plus.

59. Forgez votre propre définition de la réussite.
Et du bonheur.

60. Stockez pâtes, riz, conserves de thon au naturel, maïs, lentilles,
salsifis, petits pois, pois chiches, champignons, tomates pelées,
cœurs de palmier, betteraves rouges, épinards, poivrons,
fonds d'artichaut, et autres légumes. Pour ne jamais être pris
au dépourvu, ni mettre vos efforts passés en danger.

61. Soyez patient. Surtout avec vous-même, vos envies, vos
doutes et vos écarts.

62. Ayez des chandelles à portée de main.
Pour une soirée romantique et enchantée.

63. Dans la cuisine, laissez ouvert en permanence un bon livre de recettes diététiques. Avec des photos en couleur.

64. Trouvez 3 sources de stress qui se répètent à intervalles réguliers dans votre vie. Elles existent, trouvez-les...

65. Changez-les, échangez-les, diminuez-les, remplacez-les, déléguez-les : éliminez-les. Libérez-vous, allégez-vous.

66. Évitez les compotes et les purées, trop vite digérées. Préférez des plats avec des morceaux entiers.

67. Prenez des cours de stretching, de qi qong et de yoga.

68. Prenez une longueur d'avance : mangez des aliments si pauvres en graisses et calories, que les manger vous fait déjà un peu maigrir. Commencez par : céleri, carottes, betteraves, haricots, choux-fleurs, pommes, citrons, pamplemousses.

69. Prenez la vie comme elle vient.

70. Ne rêvez pas d'une volonté de fer, d'une discipline en acier trempé : vous finirez épuisé. Adoptez une attitude souple et déterminée : vous finirez par gagner.

71. Dégraissez votre tête.
Certains réflexes, habitudes, pensées vous font prendre plus de poids que tout ce que vous mangez.
Perdez le poids de vos idées reçues. Vite.

72. Faites en sorte que manger soit un plaisir. Surtout si vous êtes pressé de maigrir.

73✓Acceptez le fait qu'avoir des "envies" est tout à fait normal.
   Qu'il s'agisse de pizza, cacahuètes,
   petit four à la crème, baguette ou paella.

74✓Apprenez l'art de transformer une journée de libre
   en une journée de vacances.

75✓Évitez les boissons sucrées ou alcoolisées.
   Elles apportent décidément trop de calories.

76✓Parmi tous vos loisirs, favorisez ceux qui vous font suer,
   bouger, bondir, sauter, dépenser le plus d'énergie.

77✓Dépassez-vous : se fixer des limites, c'est les adopter.

78. Assurez-vous d'avoir vraiment faim avant de passer à table.

79. Examinez les étiquettes à la loupe : les poignées d'amour se cachent souvent derrière des étiquettes très discrètes.

80. Ne cherchez pas une excuse pour refuser.
Dites simplement : "NON MERCI".

81. Amincissez votre auto-portrait. Tel un manchot souffrant de douleurs dans le bras qu'il a perdu, un esprit "enveloppé" ne voit pas encore son corps mince.
Préparez-vous à mincir aussi dans votre tête.

82. Prenez souvent un bain chaud avec des sels et des algues.

83⁄ Rappelez-vous : vous aviez 10 ans, le corps mince, infatigable et bourré d'énergie, la tête pleine d'étoiles, de jeux, de rires. Décrivez en détail la scène, en utilisant vos cinq sens : qu'entendez-vous, que sentez-vous, que voyez-vous, etc. Retrouvez vos sensations de joie, de plénitude, d'insouciance. Fixez en vous cette image de jeunesse et de sérénité.

84⁄ Évitez d'associer corps gras et féculents. Mélange détonnant.

85⁄ Affichez le thème du jour sur la porte de votre réfrigérateur. Exemple : manger plus de fruits.

86⁄ Profitez de chaque occasion pour passer 10 minutes dans un sauna, un jacuzzi ou un hammam.

87. Si vous sentez parfois que vous avez trop mangé,
apprenez à détecter plus tôt et plus progressivement
votre sensation de rassasiement.

88. Faites attention aux sucre et sel "cachés" : évitez comme
la peste les produits qui en augmentent votre consommation,
en totale discrétion, sans vous prévenir.

89. Mangez dans un environnement paisible et calme.
Ou patientez. Bruit, tumulte, stress, émoi
favorisent considérablement la prise de poids.

90. La vie est comme une voiture : elle se conduit de l'intérieur.
Pas de l'extérieur.
Ne laissez personne d'autre prendre votre volant.

91. Apprenez à vous arrêter de manger au bon moment.
    20 minutes s'écoulent entre le moment où votre estomac
    est rempli et celui où votre cerveau fait comprendre que
    vous êtes rassasié...

92. Prévoyez à l'avance 3 idées pour remplir ces 20 minutes
    avec autre chose que de la nourriture.

93. Passez l'éponge sur vos erreurs. Les évoquer sans cesse
    vous incite à les reproduire sans cesse.

94. Diminuez le sucre de 20 % dans toutes vos recettes.
    Sur le goût, la différence est négligeable.
    Mais sur la balance, considérable.

95. Passez au pain complet ou aux six céréales : ils contiennent jusqu'à deux fois plus de fibres, vitamines B6 et magnésium que les pains blancs.

96. Ne vous identifiez pas à vos actes. Il y a un monde entre ce que vous faites et ce que vous êtes.

97. Préparez vos sauces "maison". Bleue (roquefort + yaourt + jus de citron frais), rouge (concentré de tomate + bouillon dégraissé), verte (cresson + jus de citron + fromage blanc 0 %). Créez vos propres couleurs.

98. Allez plus souvent au cirque. Avec des enfants, c'est encore meilleur. Mais refusez le pop-corn.

99. Décorez la porte de votre réfrigérateur avec
une belle photo : vous, en maillot de bain, mince.

100. Mangez dans des assiettes plus petites.
Vous aurez l'impression de manger plus.

101. Prenez l'habitude de casser vos habitudes alimentaires.
Trouvez 3 idées pour surprendre votre palais, flatter
vos narines, varier vos saveurs, réveiller vos papilles.

102. Ne sautez pas de repas. Prenez vos trois repas par jour.

103. Dites la vérité. Surtout à vous-même.

104. Essayez-vous à faire régulièrement
une petite série d'abdominaux.
Les progrès sont rapides, visibles, et si agréables.

105. Trouvez 3 idées pour manger plus de pommes.
Elles contiennent nombre d'éléments nutritifs indispensables.
Pensez à : "une pomme par jour, la santé pour toujours".

106. Méfiez-vous des pâtisseries et glaces :
à la fois sucrées et grasses.

107. Gardez trace de chaque effort et succès, petits et grands :
notez-les sur un carnet, précieusement, avec la date et
le maximum de détails, précisément. Et rafraîchissez-vous
la mémoire. Régulièrement. C'est trop bon.

108. Apprenez à reconnaître d'emblée les aliments qui, pour le même plaisir, offrent le plus de vitamines, de sels minéraux ou de fibres, et le moins de graisses, surtout de graisses animales saturées. Classez-les par ordre d'intérêt pour vous. Favorisez les meilleurs.

109. N'ouvrez pas le menu. Sa raison d'être, c'est de réveiller votre appétit, de déclencher en vous des envies.

110. Quand vous buvez de l'eau, imaginez qu'elle coule dans vos veines, belle et claire comme du cristal, pure et fraîche comme jaillie de la source. Écoutez son ruissellement. Laissez-la fondre en vous, emporter vos soucis, éliminer vos impuretés, vous laver de l'intérieur.

111. Prenez des cours de zen, feng shui, shiatsu et réflexologie.

112. Maigrir doit être comme un jeu, pas un enjeu. Relativisez. Décompressez.

113⁄Mangez le plus bas possible dans la chaîne alimentaire.
Par exemple, on a calculé que si les Français mangeaient
10 % moins de viande, assez de céréales et de soja seraient
économisés chaque année, pour nourrir complètement
15 millions de personnes dans le monde pendant une année.

114⁄Évitez de tout recommencer à zéro. Trouvez le moyen
de réutiliser vos efforts et succès précédents. Recyclez.

115⁄Apprenez à cuisiner le tofu.
Pour vous passer plus souvent de viande rouge.

116⁄Allez sur un terrain ou dans une salle de sport
et observez les gens en train de suer, jouer et fondre.
Laissez-vous gagner par l'envie de les rejoindre.

117. Apprenez à reconnaître les aliments riches
en "mauvais" cholestérol. Évitez-les comme la peste.

118. Trouvez 3 idées pour vous déplacer bien plus souvent à vélo.

119. Posez-vous. Mangez toujours à table.

120. Essayez déjà un vêtement que vous achèterez quand vous
aurez minci. Juste pour retrouver le plaisir et la sensation
d'être mince. Juste pour mesurer le chemin déjà parcouru.

121. Offrez un cadeau merveilleux : écrivez la réponse à une
lettre au père Noël. Offrez-vous un souvenir merveilleux :
observez les yeux de l'enfant quand vous lui lirez.

122. Dès que les circonstances vous le permettent, démarrez un jardin potager et plantez des arbustes fruitiers. Découvrez vite pourquoi un jardinier malheureux, ça n'existe pas.

123. Méfiez-vous des produits et régimes qui vous promettent de faire fondre vos graisses pendant que vous dormez ou de vous permettre de manger tout ce que vous voulez et perdre quand même du poids. Si c'était vrai, cela se saurait. Perdez vos kilos, pas vos illusions.

124. Oubliez les ascenseurs, escalators et autres tapis roulants : à chaque opportunité, marchez.

125. Cessez de vous contenter de souhaits. Fixez-vous des buts. Clairs, précis et avec une date-limite.

126. Massez votre ventre avec vos doigts. Partez du nombril, montez en cercles jusqu'au plexus. Puis imaginez que votre sangle abdominale s'ouvre lentement. Et laisse partir vos excès de graisse du ventre, des hanches, fesses et cuisses. Idéal pour détendre le corps et lui donner envie de s'affiner.

127. Pour vos salades, pensez à piocher dans les fruits et crudités riches en vitamine C : cassis, agrumes, fruits de la passion, kiwis, persil, choux, radis.

128. Lavez lentement vos mains avant de passer à table. Relaxez-vous. Ralentissez. Prenez votre temps avant de manger.

129. Apprenez les rudiments d'une cuisine exotique. Japonaise, sénégalaise, indienne, brésilienne ou baltique.

130✓ Amusez-vous à manger yeux fermés.
Vous comprendrez pourquoi il n'existe pas d'aveugle obèse.

131✓ Saisissez votre chance dès qu'elle se présente.
Elle est si capricieuse qu'il faut parfois ensuite une éternité
pour qu'elle se présente à nouveau.

132✓ Ne jouez ni à l'accordéon ni aux montagnes russes.
Votre corps n'aime pas les périodes de suralimentation qui
suivent les restrictions. Les hauts et les bas qui s'enchaînent.
Dès qu'il pourra, il préparera une réserve.
Non seulement vous ne perdrez plus de poids, mais vous
resterez très longtemps "ami" avec vos nouveaux kilos.

133✓ Dites plus souvent : "j'ai fait de mon mieux, c'est cela
le plus important".

134. Évitez de passer à la cuisine dès que vous rentrez chez vous. À la place, trouvez un très agréable rituel.

135. Achetez des emporte-pièces et découpez des soleils de camembert, des papillons de carottes, des fleurs de crème de gruyère, des cœurs de concombre.

136. Refusez poliment mais fermement de manger au cinéma ou pendant une séance de télé. Les calories y comptent triple.

137. Isolez votre habitation. Le calme, la sérénité et le bien-manger ont un grand ennemi : le bruit.

138. Construisez plus de bonshommes de neige et de châteaux de sable.

139. Ayez une petite bouteille thermos. Idéal pour transporter en tout lieu potage chaud ou infusion.

140. Remplacez le plus souvent possible une viande rouge par une blanche. Mieux : pensez à un poisson.

141. En toutes circonstances, rappelez-vous toujours que les meilleures choses dans la vie sont toujours gratuites.

142. Un kilo de muscle et un kilo de graisse font le même poids. Mais la graisse prend 5 fois plus de volume. Faites-la fondre.

143. Essayez-vous à la thalasso. Trouvez un forfait en promo.

144. Ne vous obligez pas à manger à heures fixes,
mais trois fois par jour.

145. Soyez doux et magnanime avec vous-même.
Pas besoin de souffrir pour maigrir.
C'est même le meilleur moyen pour ensuite regrossir.

146. Mangez vos fruits plutôt que les boire en jus.
Un jus d'orange contient plus de calories que certains sodas.

147. Osez une dose de rose : un vêtement ou accessoire de
cette couleur éclaire le visage, illumine le moral. Trouvez
votre rose : légèrement bleuté comme fuchsia et framboise,
ou saumoné comme corail et pêche.

148. Dans votre assiette, doublez la taille de vos rations de légumes par rapport à celles de viandes.

149. Osez porter un vêtement coloré, extravagant, étonnant pour détonner
et rompre avec le vieux "vous" que vous étiez.

150. Faites une cure de pollen et de gelée royale.

151. Dormez tout votre compte. Un corps privé de sommeil cherche souvent d'obscures compensations.

152. Faites dès aujourd'hui ce qui vous rapproche le plus de ce que vous voulez être demain.

153. Mangez avant de partir à une soirée. Vous aurez choisi ce que vous avez mangé. Qui sait ce que vous trouverez sur place.

154. Ne vous privez pas de bâiller. Lentement. En ouvrant grand la bouche et en vous étirant dans tous les sens.
Comme un petit chat.

155. Évitez les sodas sucrés : ils contiennent jusqu'à l'équivalent de 7 morceaux de sucre et 400 calories par litre.
Dont votre corps n'a aucun besoin.

156. Allongez-vous dans la pénombre, respirez lentement et profondément, fermez les yeux, et partez en voyage dans un paysage de votre enfance, verdoyant, calme et reposant.

157⁄ Fermez la porte de votre cuisine à clé entre les repas.
Juste pour faire un effort et reprendre conscience,
au cas où vous seriez tenté d'y entrer par habitude.

158⁄ Apprenez à cuisiner 7 sauces allégées pour salades et viandes.

159⁄ En cas de besoin, rappelez-vous : l'échec concerne
un événement. Pas la personne.

160⁄ Baissez le thermostat d'un degré. Votre corps compensera
en brûlant plus de calories et la planète vous dira merci.

161⁄ Dites-vous plus souvent : "Et alors ?" Surtout en cas
d'oubli, faute, erreur ou retard. Et revenez à l'essentiel.

162 Soyez patient : maigrir demande du temps.

163. Avec une purée de carottes pour la tête, deux tomates cerise
     pour les yeux, une langue en jambon, des moustaches
     en ciboulette et du beurre pour les pommettes,
     dessinez un chat de gouttière.

164. Rappelez-vous toujours que si vous concentrez
     votre attention sur un sujet, quel qu'il soit, celui-ci grandira.

165. En cas de "petit creux", mangez une pomme avec
     un verre d'eau. La pectine contenue dans la peau de
     la pomme absorbe plus de 40 fois son volume en eau et
     procure une rapide sensation de satiété.

166. Félicitez-vous pour un effort ou un bel essai, même raté.
     Et pas seulement pour vos succès.

167. Achetez des instruments de cuisine de qualité, pour préparer facilement et vite, quantité de recettes diététiques.

168. Forcez l'allure : marchez 20 % plus vite que d'habitude.

169. Ne comptez pas sur votre patience ou votre endurance : un régime monotone avec restrictions à répétition et peu de place au plaisir, est difficile à tenir. Variez menus, rythmes. Amusez-vous à mieux manger, dans la joie et la saveur.

170. Quand vous donnez, donnez avec votre cœur.

171. Promenez-vous plus souvent pieds nus.

172✓ Ne vous faites pas piéger : les fromages secs sont souvent
beaucoup plus gras que les fromages à pâte molle.

173✓ Collectionnez les anecdotes et témoignages édifiants d'amis
ou célébrités ayant réussi à perdre du poids. Relisez souvent.

174✓ Donnez-vous une seule interdiction : après 16 heures 30,
fini les péchés mignons.

175✓ Ayez toujours à portée de main une tenue complète
pour sortir dans l'instant faire du sport.

176✓ Dans le doute, écoutez votre corps et suivez votre intuition.
Ce sont eux qui ont raison.

177. Buvez 2 litres d'eau par jour. De préférence hors des repas.

178. Baissez-vous 3 fois comme si vous deviez refaire le nœud de votre lacet. Excellent pour le souffle et la circulation. Et si vous n'avez pas de lacet, c'est encore plus rigolo.

179. Évitez fast-food et restaurant. Au moins quelque temps. Tout y est conçu pour vous inciter aux écarts et aux excès.

180. Apprenez à dire "C'est assez !", "Basta !" et "Stop !" le plus tôt possible.

181. Faites la paix. Avec vous-même et la nourriture. Pour être bien, dans votre assiette et avec votre assiette.

182. Achetez le meilleur robot ménager
que vous puissiez vous offrir.

183. Avant de passer à table, décidez ce que vous allez manger.
Vous ne subirez pas d'envies inopinées.

184. Ne vous comparez jamais à un autre.

185. Faites des compliments sur la cuisine quand vous êtes invité.

186. Trouvez 3 idées pour vous récompenser autrement qu'avec
des calories. Exemples : une virée à la mer, un vêtement à
vos nouvelles mesures, une escapade en forêt, deux places
de concert ou un best-seller.

187. Prévoyez un fruit ou un yaourt allégé pour le "petit creux" de 11 h 00. Et un autre pour celui de 16 h 30.

188. Modifiez vos habitudes une par une : concentrez-vous sur l'une d'elles, une seule, pour toute la journée. Exemple : boire plus d'eau.

189. Évitez les sources d'anxiété. Notamment les journaux télévisés et reportages angoissants. L'anxiété demande souvent à être compensée. Et manger est rassurant : la nourriture devient alors comme un bouclier face à l'anxiété.

190. Jetez-vous à l'eau : bains de boue, d'algues ou d'eau de mer sont à chaque fois un bonheur, un régal, un mystère. Vite. Ils vous feront un bien fou.

191. Sur un visage en fromage blanc 0 %, dessinez un nez rouge en confiture allégée, deux yeux en rondelles de banane, deux oreilles en pomme, une bouche en quartier d'orange.

192. Ne confondez minceur avec bonheur. Sinon mannequins et top-models seraient tous éperdument heureux, aucun ne sombrerait dans la drogue, l'alcool ou la dépression.

193. Aidez votre corps à s'habituer à votre perte de poids et de volume, vos nouveaux contours et habitudes alimentaires, à cette légèreté retrouvée dans les mouvements. Donnez-lui du temps.

194. Faites le vide. Rangez. Tiroirs, armoires, placards : tout. Débarrassez-vous, délestez-vous, allégez-vous. Vous allégerez votre tête en même temps.

195✓ Trouvez 7 idées pour boire plus d'eau.
   Chez vous, au travail, en vacances : partout.
   Ayez en permanence une belle quantité d'eau en réserve.

196✓ Demandez à écouter votre cœur avec le stéthoscope de
   votre médecin.

197✓ Ne cherchez pas à ôter toute graisse de votre alimentation :
   les lipides sont trop utiles. Ils accélèrent votre métabolisme
   et permettent d'absorber les vitamines liposolubles
   (A, D, E, K, etc.) indispensables à votre organisme.

198✓ Projetez-vous. À trois mois, six mois, un an.
   Là où vous avez décidé de vous rendre
   est 1 000 fois plus important que là où vous êtes.

199. Trouvez 3 idées pour manger aujourd'hui encore mieux qu'hier.

200✓ Trouvez 3 idées pour apporter plus de piment, d'excitation et de nouveauté dans vos 3 prochains repas.

201✓ Dès que les circonstances vous le permettent, apprenez à composter vos déchets ménagers.

202✓ Ne vous faites pas piéger par certains plats déguisés en "menu minceur". Autant vous faire plaisir avec un autre plat aussi riche, mais tellement plus savoureux.

203✓ Ayez 3 sortes de vinaigres dont un balsamique.

204✓ Inspirez 7 fois, lentement, à plein poumons, yeux fermés. Sentez les toxines partir, le calme vous envahir, l'énergie revenir.

205. Remplacez les 3 éléments les plus caloriques de votre ration alimentaire du jour par des éléments moins riches.

206. Mettez-vous sur votre 31. Soignez votre apparence.
Vous sentir bien à l'extérieur vous aide à vous sentir mieux à l'intérieur. Tout paraît alors plus simple et plus facile.

207. Rien ne sert de vous en vouloir : l'excès et l'exceptionnel n'ont aucun effet sur le long terme. Ne culpabilisez pas.
Et continuez.

208. Commandez des portions plus petites.

209. Demandez de l'aide et aidez les autres à vous aider.

210. Bananes, oranges, pommes et mandarines aiment voyager. Emmenez-les. Protégées par leur peau, elles vous suivront dans vos déplacements.

211. Décodez : si un commentaire sur votre poids vous heurte ou contrarie, c'est sans doute parce qu'il reflète au fond de vous, comme un miroir, ce que vous ne voulez pas voir.

212. Demandez la sauce à part.

213. Ne craignez pas de perdre votre bonheur demain, vous ne goûteriez jamais la saveur de celui d'aujourd'hui.

214. Oubliez les "si seulement..." et les "et si...". Le passé est passé : vivez dans l'instant présent. Ici et maintenant.

215. Trouvez un artifice pour mettre vos sens sans dessus dessous et tisser de nouveaux liens avec la nourriture.
Écoutez vos papilles, touchez des yeux, parlez à votre estomac, pensez avec votre nez, regardez avec vos doigts.

216. Trouvez 3 idées pour consommer plus de soja et de lait de soja.

217. Rendez visite aux hippopotames. Les plus gros et beaux du zoo.

218. Avant de commettre un excès, buvez 3 verres d'eau.
... Après un excès, buvez 3 verres d'eau.

219. Ne ratez pas une chance d'aller voir de près des baleines ou des dauphins. Féérique. Inoubliable.

220. Si ça vous simplifie la vie, mangez à heures fixes :
votre corps finira par comprendre, vous stockerez moins.

221. Faites vos courses muni de la liste de vos achats à faire :
vous céderez moins aux tentations. Mieux : confiez votre
liste à un ami. Lui, n'achètera que ce que vous avez marqué.

222. Si vous y tenez vraiment, pesez-vous. Mais aussi souvent
que par le passé. Ne changez pas vos habitudes.

223. Quand on mange à une table belle et raffinée,
tout prend un goût spécial. Soignez votre présentation.

224. Trouvez 3 idées pour rendre votre vie sexuelle
plus harmonieuse et pimentée. Action.

225. Tous vos problèmes de poids se cachent parfois derrière un tout petit problème sans aucun rapport avec votre poids. Trouvez-le vite : vous retrouverez votre poids.

226. Sortez 300 mètres avant votre arrêt et marchez. Sortez trois rues ou une station avant et marchez. Sortez et marchez.

237. Ne pensez pas que plus le prix est élevé, plus la qualité est élevée.

228. Essayez 3 nouveaux produits allégés. Surtout dans les boissons, fromages, confitures et chocolat.

229. Acceptez les compliments et félicitations. C'est trop bon.

230. Ayez envie de progresser. Pas de rechercher la perfection.

231. Faites une descente dans le quartier indien, arabe, chinois ou africain de la grande ville la plus proche. Furetez, explorez. Trouvez de nouvelles pistes, de nouvelles saveurs, de nouvelles textures, de nouvelles épices.

232. Offrez-vous un massage complet chez un bon kiné.

233. Ne quittez pas la table en ayant faim. Le but n'est pas de vous priver ou de battre un record.

234. Évitez les yaourts au lait entier et aux fruits non allégés.

235. Prenez une grande inspiration et, avec votre air coquin, demandez-lui, enfin, de vous faire ce dont vous rêvez.

236✓ Certains aliments et boissons affectent considérablement votre humeur et votre façon de voir le monde. Fuyez ceux qui vous rendent excitable, tendu, anxieux ou stressé.

237✓ Emmenez votre amour en lune de miel, au soleil. Vous trouverez une explication plus tard.

238✓ Comme les enfants qui ne veulent pas goûter certains plats puis en raffolent plus tard, habituez-vous à des aliments bons pour votre corps mais que vous n'aviez jamais mangés. Vous les aimerez plus vite que vous ne pensez. Profitez-en. Les habitudes alimentaires se gagnent et se perdent vite.

239✓ Ne passez pas à côté de la chance d'aller cueillir des champignons dans la rosée d'un matin d'automne.

240. Gardez dans votre réfrigérateur exclusivement des produits qui vous veulent du bien. Meublez le restant avec des bouteilles d'eau, des fruits et des légumes frais.

241. Dépassez les 20 minutes. Les 20 premières minutes d'exercice profitent au cœur. Mais toutes celles qui suivent permettent en plus de brûler les calories que vous stockiez.

242. Ne désertez pas votre dessert. Le but n'est pas de vous frustrer.

243. Investissez dans des couteaux capables de couper des tranches très fines et régulières.

244. Prenez soin de vous. La santé n'est jamais acquise et votre famille compte sur vous.

245. Mangez des graines germées. Elles contiennent jusqu'à dix fois plus de vitamines que la graine d'origine.

246. Débarrassez-vous de vos vêtements devenus trop grands...

247. Coupez les ponts avec cette époque : prenez le plus laid et coupez-le, découpez-le, transformez-le en charpie.

248. Trouvez 3 idées pour consommer des algues japonaises, à la fois peu caloriques et riches en protéines.

249. Listez vos 7 projets les plus chers.
Ceux dont vous reportez sans cesse le démarrage à plus tard.
Plus tard, c'est aujourd'hui.

250. Évaluez ce que vous mangez en calories. Pas en minutes. Vous pouvez avoir absorbé deux fois plus de calories alors que vous êtes resté deux fois moins longtemps à table. Ne vous fiez pas à vos impressions naturelles.

251. Ayez toujours à portée de main les horaires de la piscine et une tenue complète pour aller nager dans l'instant.

252. Par-ci, par-là, saupoudrez vos salades de levure de bière ou d'extraits de germes de blé, ajoutez des morceaux de pomme, des graines de sésame ou de tournesol.

253. Trouvez une nouvelle coupe de cheveux ou un parfum qui parle encore mieux de vous.

254. Congelez vos restes de potage. Il suffira ensuite de verser un peu d'eau bouillante dessus, pour déguster.

255. Évitez les calories "vides" : celles des aliments et boissons qui apportent peu de vitamines, sels minéraux ou autres éléments intéressants.

256. Inhalez de l'énergie : respirez des huiles essentielles. Elles stimulent le cerveau et accélèrent votre métabolisme.

257. Faites-lui la peau. Surtout si c'est un poulet : elle peut être appétissante, croquante, savoureuse, mais sa richesse en graisse est encore bien au-dessus de vos moyens.

258. Apprenez à jouer un morceau au tuba ou à la trompette.

259. Dirigez vos pensées pendant vos exercices physiques :
profitez-en pour vous encourager, vous remotiver,
vous redonner du pep's...

260. Profitez-en pour revivre vos succès récents et mesurer
le chemin déjà parcouru, à l'aide de chacun de vos 5 sens.

261. Donnez un jour de congé à votre montre et votre téléphone.

262. Ne partez pas à la recherche d'un poids "fantôme" :
celui que vous n'atteindrez jamais ou que vous ne pourrez
pas tenir. Les fantômes n'existent pas.

263. Rire aussi fait maigrir. Organisez un concours de rires.

264 Désobéissez : malgré ce que vos parents vous ont seriné,
ce n'est pas parce que c'est dans l'assiette
qu'il faut tout manger. Déconnectez-vous.

265 Aujourd'hui, bien des régimes sont rapidement efficaces,
mais le plus important est de stabiliser ensuite votre poids.
Informez-vous. Choisissez bien dès le départ.

266 Mangez plus souvent avec des baguettes : vos bouchées
seront plus petites et plus espacées.

267 Ne consommez aucun produit issu d'animaux protégés.

268 Essayez-vous au patin à glace, canoë, luge et escalade.

269. Apprenez toutes les façons de cuisiner avec peu de matières grasses. Devenez expert en papillote, grillade, braisé, poché, micro-onde, wok, étouffé, et leurs combinés (exemple : commencez à griller pour colorer puis étouffer). Trouvez ou inventez les recettes qui iront avec.

270. Glissez des feuilles de menthe avant de remplir les compartiments de votre bac à glaçons.

271. En plus de vos préférées, collectionnez plein de recettes amusantes et colorées. Pour choisir d'un coup d'œil, et d'un coup de baguette les réaliser.

272. Accrochez un réservoir de graines à oiseaux de telle façon que vous puissiez le voir de la fenêtre de votre chambre.

273. Ajoutez 20 % d'épices et d'herbes quand vous cuisinez.
Vous ne décèlerez pas la baisse des graisses.

274. Laissez des verres et des bouteilles d'eau dans les pièces
où vous passez souvent. Comme par hasard,
vous aurez bien plus souvent envie de boire.

275. Décodez : vous mangez parfois pour raisons émotionnelles et
non physiques. Ayez un plan d'avance, pour changer vite et
sans réfléchir, de lieu, centre d'intérêt, rythme ou activité.

276. Des gens trouveront toujours de bonnes raisons pour
vous expliquer pourquoi
vous n'arriverez pas à faire ce que vous voulez.
Ils se parlent surtout à eux-mêmes. Ignorez-les.

277. Au lieu de finir votre assiette, imaginez-vous demain
en train de déguster ces restes. Vous quitterez
plus facilement la table. Le cœur léger.

278. Vivez déjà comme si vous aviez quelques kilos en moins.
Maigrir c'est aussi devenir quelqu'un d'autre.
Pour soi, comme pour les autres.

279. Faites la peau aux épluchures : contrairement à la sagesse
populaire, il vaut désormais mieux s'en priver pour éviter les
pesticides et conservateurs qu'elles contiennent parfois.

280. Emplissez-vous de finesse et beauté : capitulez dans une
galerie, un musée ou à l'Opéra.

281. Chaque fois que vous pouvez, remplacez une viande grasse par une maigre. Quand vous hésitez, remplacez seulement la moitié : vous serez surpris par les calories gagnées.

282. Offrez-vous un masque de relaxation pour vos yeux. L'effet sur tout le corps est désarmant.

283. Trop cuits, les aliments perdent de leur saveur et vitamines. Redécouvrez le bleu, l'al dente, le saisi. Rééduquez votre palais. Invitez-le à de nouvelles saveurs et aventures culinaires.

284. Servez à l'assiette. Et non le plat sur la table.

285. Trouvez 3 idées pour doper votre week-end à l'adrénaline.

296. Rangez vos placards et cachez les sources de grignotage : sucreries, en-cas, biscuits apéritifs, cacahuètes, sodas, pistaches grillées. Méfiez-vous des "calories invisibles". Les petites calories font les grands bourrelets.

297. En cas de pression trop forte, méditez : dans deux jours, demain sera hier.

298. Refusez poliment mais fermement de manger seulement pour accompagner quelqu'un ou participer à une activité.

299. Comptez les étoiles. Mesurez la distance qui nous sépare. Et sentez la magie de l'univers. Où nous ne sommes que de minuscules poussières. Et seulement de passage.

300. Être beau, c'est être soi-même. Donnez-vous la permission d'être vous-même.

301 Apprenez l'art d'accommoder les restes : inventez mélis-mélos inédits, salades-surprises, soupes folles. Vos papilles seront aussi désorientées qu'enchantées par ces expériences.

302 Ne soyez pas obnubilé par votre poids : des variations difficilement explicables de plusieurs kilos sont fréquentes.

303 Contrôlez vos actes et exprimez vos sentiments. Pas l'inverse.

304 Si vous devez aller au restaurant, portez des vêtements bien ajustés, voire un peu trop serrés.

305 Allez cueillir pommes, cerises et prunes dans l'arbre, fraises et framboises sur pied : mille petits bonheurs à la clé.

306✓ Décorez la porte de votre cuisine. Comme vous voulez.
Pourvu que cela vous fasse plaisir ou rêver et, surtout,
n'évoque aucun rapport avec cuisiner et manger.
Comme une barrière étanche entre deux mondes.

307✓ Trouvez 3 idées pour réduire au maximum votre
consommation de sucre blanc.
En poudre ou en morceaux,
le sucre n'a aucune valeur nutritionnelle.

308✓ Préparez vos menus à l'avance. Votre alimentation sera
plus équilibrée, variée, savoureuse et vite cuisinée.

309✓ La vie n'est pas une course : celui qui terminera le premier
ne sera pas le gagnant. Ralentissez votre rythme.

310. Amusez-vous à manger devant un miroir. Découvrez-vous tel que les autres vous voient manger.

311. Chaque fois que vous amenez quelque chose de nouveau à la maison, débarrassez-vous d'autre chose. Simplifiez votre vie.

312. Évitez le chewing-gum quelque temps : mâcher déclenche une foule de processus et sécrétions qui stimulent l'appétit.

313. Sélectionnez plus souvent ce que vous allez manger en fonction de sa valeur nutritionnelle.

314. Listez les 7 projets que vous entreprendriez si vous preniez une année sabbatique. Démarrez le plus sympathique.

315✓ Placez votre santé, tonus et vitalité toujours très au-dessus de votre minceur. Avoir la pleine forme est 1 000 fois plus important qu'avoir des formes qui vous font plaisir à voir.

316✓ N'attendez pas d'un régime qu'il vous rende heureux.

317✓ Pensez à tout le travail et l'intelligence qui ont été nécessaires pour produire, transformer et amener jusqu'à votre assiette, votre nourriture du jour. Méditez pour mieux savourer.

318✓ Informez-vous sur les vertus du jeûne et d'être végétarien.

319✓ Parmi toutes vos activités, développez en priorité celles qui font de vous une belle personne. Sans cesse meilleure.

320. Beaucoup de gens mangent, mais peu dînent.
Ce soir, sortez le grand jeu et dînez.

321. Si on vous demande ce que vous désirez, ne répondez pas :
"N'importe" ou "Ce que vous voulez". Faites un choix.

322. Modifiez vos recettes préférées, réinventez-les, réécrivez-les.
Pour qu'elles correspondent exactement à vos objectifs
d'équilibre et de santé.

323. Prenez soin de votre corps comme s'il devait durer toute la vie.

324. Faites un geste pour protéger l'environnement. Même petit,
pour commencer. Mais souvent.

325✓ Donnez-vous les moyens de réussir : soyez prêt, à l'heure,
et au bon endroit. N'attendez pas à la gare
quand votre destin se joue à l'aéroport.

326✓ Amusez-vous à mesurer vos sensations gustatives sur une
échelle de 0 à 7 pour les 4 dimensions : amer, acide, sucré,
salé. Vous mangerez plus lentement et affinerez votre goût.

327✓ Visualisez-vous à 90 ans. Trouvez ce que vous auriez dû faire
dès aujourd'hui pour être parfaitement heureux et
en parfaite santé. Action.

328✓ Évitez les aliments consommables sans aucune préparation.

329✓ Apprenez l'art du détachement. Zen.

330. Consommez au moins 7 fruits et légumes par jour.
Crus, cuits, frais, surgelés, nature ou préparés. Riches en
minéraux, vitamines, oligo-éléments, antioxydants et fibres,
ils aident à vous protéger activement de certains cancers,
du diabète et de maladies cardio-vasculaires...

331. Consommez des légumes verts, crus, cuits, frais ou surgelés,
autant qu'il vous plaira.

332. Cherchez votre bonheur dans les choses que
vous ne pouvez bien voir qu'avec votre cœur.

333. Écrivez un petit mot de remerciement à tous ceux
qui vous ont aidé au cours du mois.

334. Cherchez à atteindre votre poids-santé, votre poids de forme. Pas un poids "idéal" ou irréaliste.

335. Remplacez votre sucre par un édulcorant.

336. Même si vous savez où trouver le diamant, prenez l'or que vous trouvez en chemin. Ne négligez pas les petits bonheurs, les choses simples. Ni votre chance d'être en bonne santé.

337. Ayez en permanence un choix de légumes et de fruits frais.

338. Nourrissez votre esprit avec des pensées toniques, profondes, belles. Redécorez votre intérieur.

339. Étonnez-vous en mangeant plus qu'auparavant tout
en perdant du poids. En mangeant autrement. Simplement.
La correction alimentaire a des effets spectaculaires.

340. Quand vous êtes invité, proposez toujours de donner le
pourboire.

341. Ne vous trompez pas d'ennemi. Le n° 1 est la frustration.
Pas vous-même.

342. Piégé dans un dîner, étalez la nourriture sur le bord
de votre assiette.

343. Allez chanter dans un karaoké avec vos meilleurs amis.

344. Décodez : votre envie de manger n'est parfois qu'une envie.
Rien qu'une impulsion à un moment donné.
Sans aucun rapport avec la faim. Laissez passer.

345. Évitez les expositions brutales, intenses ou prolongées
au soleil.

346. Fabriquez-vous un "dictionnaire des calories" de vos plats
et produits préférés.

347. Préférez les assiettes gaies et décorées.

348. Ayez près de votre lit trois livres qui vous font du bien.

349. Résistez à l'envie de changer uniquement pour que les autres vous aiment.

350. Efforcez-vous 24 heures de mâcher 7 fois à chaque bouchée.

351. Fumez moins. Si possible, ne fumez pas.

352. Faites un grand ménage dans votre cuisine.
Éliminez tout aliment indésirable.
Surtout "préparé" ou riche en calories.

353. Listez 7 compliments que vous pourriez vous faire.
Adressez-vous le plus beau, le plus grand.
À vous-même. À voix haute. Pour bien le retenir.

354✓ Nourrissez votre esprit. Sinon votre corps comblera le vide et l'ennui par du gras.

355✓ Évitez les sucres rapides (sucre, confiseries, pâtisseries, etc.). Leur plaisir dure un instant, leurs effets "10 ans".

356✓ Trouvez 7 raisons de montrer votre gratitude et dire merci à la vie.

357✓ Demandez à vos parents et grands-parents la recette de votre plat préféré quand vous étiez enfant.

358✓ Faites vos comptes : vous prenez bien plus de décisions judicieuses que de mauvaises. Accordez plus de confiance à vos opinions et décisions.

359. Mangez ce que vous voulez. Mais uniquement
ce que vous voulez. Ne finissez pas le pot, le plat, l'assiette.

360. Favorisez les aliments riches en vitamines et oligoéléments.

361. Ne cherchez pas à compenser une carence personnelle
en vous engageant dans un régime.

362. Mangez avec des couverts plus petits.
Une fourchette à gâteau, une cuiller à dessert, etc.
Vous aurez l'impression de manger plus.

363. Ce que vous donnez, vous finirez tôt ou tard par le recevoir
en retour. Efforcez-vous d'envoyer exclusivement du positif.

364. Concentrez-vous sur vos réussites et vos points forts. Les seuls à marquer en mémoire.

365✓ Fragmentez vos gros travaux, objectifs et problèmes
en petits morceaux.
Faciles à exécuter et à résoudre,
un par un, l'un après l'autre.

366✓ Faites vos courses pour la semaine : vos menus seront facilités
et vous serez ensuite plus enclin à respecter
exactement ce que vous aviez prévu de manger.

367✓ Ne vous fixez pas d'objectif irréalisable. Perdre 500 g à 1 kg
par semaine est raisonnable et réaliste. Au-delà,
on perd du poids mais sous forme d'eau et de muscles.

368✓ Prenez de l'altitude. D'en haut, tout paraît plus clair, simple.
Parfois, le chemin restant devient même tout à coup évident.

369 Cuisinez la veille vos plats les plus gras. Au réfrigérateur, le gras durcit et s'enlève facilement.

370 Marchez tous les jours un kilomètre ou dépensez-vous : l'exercice chasse à merveille le stress, la graisse et les idées noires.

371 Faire un régime n'est pas une compétition. Tant pis si ça ne marche pas cette fois. Ne prenez pas le résultat trop au sérieux.

372 Apprenez à vous adapter aux problèmes les plus gênants en changeant seulement d'attitude. Des montagnes disparaîtront de votre vie. Gommées en un instant.

373. Si vous tentez d'échapper à vos problèmes, ils vous suivront où vous irez. Sans jamais s'essouffler ni se réduire. Attaquez-les quand ils sont encore frais et petits.

374. Si vous craignez de céder à la tentation, cachez-le. Hors de la vue, hors de l'esprit. Et hors de votre bouche.

375. Prenez l'habitude de toujours manger dans la même pièce. Pour que vos bonnes habitudes deviennent des rituels, plus faciles à accepter et à respecter.

376. Listez 25 choses que vous voudriez absolument faire s'il vous restait seulement un an à vivre. Portez cette liste avec vous, et reportez-y-vous régulièrement. Et cochez vite.

377 Donnez-vous à 80 % pendant vos exercices physiques.
Et faites durer, durer, durer.

378 Trouvez 3 idées pour ajouter des fibres à votre alimentation.
Elles ralentissent l'absorption des sucres, apportent plus vite
une sensation de satiété, favorisent votre transit intestinal,
et l'élimination des déchets.

379 Méfiez-vous des graisses "cachées".
Par exemple, des barres chocolatées caramélisées apportent
chacune l'équivalent d'une cuiller à soupe d'huile.

380 Une fois dans votre vie, osez prendre un cours de
parachutisme ou de trapèze volant. Fun et frissons garantis.

381✓ Carburez au GPL 421 : 4 portions de Glucides pour 2 portions
de Protéines et 1 portion de Lipides.
Vos repas seront facilement diversifiés et équilibrés.

382✓ Méfiez-vous des huiles à 0 %. De cholestérol ou autre chose.
Elles sont comme les autres remplies à 100 % de lipides.
L'huile à 0 % de graisse reste à inventer.

383✓ Cherchez ou inventez de nouvelles recettes vite prêtes,
pour des petits plats créatifs à regarder avant de croquer.

384✓ Acceptez l'entière responsabilité de votre vie
et de tout ce qui peut vous arriver.
Comme par miracle, vous saurez mieux en disposer.

385. Périodiquement, faites une cure d'eau minérale ou de jus de citron pour vous décrasser de l'intérieur.

386. Au restaurant, quand vous êtes à deux, n'hésitez pas à commander un seul plat pour vous deux.

387. Ne vous méprenez pas : malgré les apparences et certaines croyances, les protéines ne sont pas si caloriques.

388. Dégustez les fruits et légumes selon leur saison. Respectez les cycles et vos racines.

389. Usez sans cesse de belles manières. Pour ajouter sans cesse beauté, grâce et finesse à votre vie.

390. Mangez plus souvent avec des personnes qui surveillent efficacement leur alimentation et leur poids.

391. Vous aussi, prenez un apéritif. Celui que vous voulez. Pourvu que ce soit une eau plate ou gazeuse non sucrée, un jus de légumes ou des fruits pressés.

392. Trouvez quel est votre parfum d'encens préféré.

393. Utilisez la moutarde et la vinaigrette allégée. Oubliez la mayonnaise.

394. Demandez-vous plus souvent comment vous pourriez être plus heureux. Action.

395. Cherchez des moyens d'aider notre planète. À votre façon. Selon vos moyens. Mais agissez. Elle est si fragile.

396. Laissez beurre et margarine dans votre réfrigérateur. Au fond. Si vous ne les voyez pas, vous aurez 3 fois moins d'envies d'en ajouter à vos plats.

397. Faites plus souvent ce que vous voulez. Ce que vous aimez. Maigrir ne sera plus un but ni une souffrance, mais viendra en surabondance, en cadeau, en récompense.

398. Demain matin, levez-vous 20 minutes plus tôt et sortez. Vous emplir d'air frais, de calme et de sérénité. Vous laver les idées. Rafraîchir votre âme. Vous reconnecter. Vous retrouver.

399✓ # Listez vos 7 conseils préférés pour maigrir. Apprenez-les par cœur.

400✓ Laissez quelqu'un d'autre prendre la dernière part
du plat ou du gâteau.

401✓ Quand vous cuisinez, ne faites pas de compromis sur
vos produits de base. Excellents et de haute qualité.

402✓ Ne ratez pas une occasion de visiter un abattoir,
une conserverie ou une charcuterie industrielle.

403✓ Si vous trébuchez, relevez-vous aussitôt. Sans réfléchir.
Et si vous tombez 7 fois, relevez-vous 8.

404✓ À la moindre occasion, partez à la pêche. C'est trop bon.

405✓ Cessez de repenser à tout ce que vous auriez "dû faire".
C'est inutile et trop tard. Lâchez prise. Ou-bli-ez.

406✓ Évitez les aliments raffinés : préférez le naturel, le frais,
le brut et le complet.

407✓ Ne ratez pas une occasion de passer une nuit dans
un refuge en haute montagne.

408✓ Faites vos courses après un repas : vous céderez moins
aux tentations.

409✓ Attendez-vous au meilleur.
C'est l'école de l'optimisme et du bonheur.

410⁄ Cuisinez en papillotes végétales : feuilles de chou, épinards, salade, blettes. Le résultat est surprenant. Et si léger.

411⁄ Favorisez les séries d'exercices répétitifs : vous brûlerez 1/3 de calories supplémentaires.

412⁄ Ne vous attablez pas "machinalement".

413⁄ Vérifiez à deux fois la teneur en lipides sur les étiquettes, en vous méfiant des techniques et bases de calculs : à bien comparer, certaines différences sont... étonnantes.

414⁄ Lâchez prise : le seul pouvoir que le stress et les soucis peuvent avoir sur vous est celui que vous leur laissez.

415. Informez-vous. À défaut de faire parler la poudre, certains sachets pour maigrir sont d'abord remplis de poudre aux yeux.

416. Ne dites jamais "jamais".

417. Passez au demi-écrémé ou à l'écrémé. Votre ligne aussi sera bientôt allégée.

418. Mettez en scène vos repas. Votre but est de maigrir, pas de vous aigrir.

419. Partout où vous passez, essayez de laisser de la joie, de l'amour et de la beauté.

420. Dégraissez vos plats. Écumez le gras. Enlevez les lambeaux de graisse de la viande, du jambon, des volailles.

421. Vivez votre vie par chapitres.
Démarrez le prochain sur de bonnes bases.

422. Efforcez-vous un jour par semaine de ne rien grignoter après le dîner. Puis après 2 de vos 3 repas du jour.
Bientôt vous saurez tenir un jour complet sans grignoter.

423. Lisez les étiquettes. Des versions "light" sont plus caloriques que l'original : le sucre a été remplacé par des lipides.

424. Ne passez jamais à côté du bonheur de jouer avec un petit chiot. Sous ses caresses, vous oublierez tout le reste.

425. Agissez comme vous imaginez que la personne mince que vous deviendrez agirait.

426. N'achetez pas d'ustensiles de cuisine bon marché.

427. Gardez près de vous un témoin de votre enfance. Jouet, photo, paroles d'une chanson. Il viendra parfois vous prendre la main et vous emmener au paradis des enfants.

428. Cherchez le cœur et l'âme derrière chaque nouveau visage.

429. Si un régime annoncé vous paraît trop beau pour être vrai, il l'est très probablement : perdez vos kilos, pas vos euros.

430. Réagissez vite à la moindre reprise de poids afin de ne pas vous laisser gagner par la graisse.

431. Ne ratez pas une occasion d'aller danser sous une pluie d'été. Magique.

432. Posez votre fourchette entre chaque bouchée. Vous serez plus vite rassasié.

433. Déterminez votre poids de forme. Il est atteint quand vous vous sentez en pleine santé. Plus en forme que jamais. Pas la peine d'aller plus loin.

434. Soyez simple.

Les top-models ne sont pas des êtres modèles, mais des êtres modelés. Par des industries sans cesse plus prospères, qu'elles soient pharmaceutique, cosmétique, chimique ou agro-alimentaire. Leur moyen : faire rêver le chaland. Qui s'épuise à gogo dans ses régimes, s'étourdit dans les yo-yo de sa courbe de poids, et reporte sans cesse ses espoirs dans le prochain régime, sachet ou pilule miracle, qui lui offrira une nouvelle chance pour tenter de copier à corps-joie les images de ces corps tant convoités. On a les modèles qu'on mérite. Soit. Mais il faut admettre que nous sommes mis à rude épreuve par les médias : seuls les corps sveltes et jeunes y sont valorisés, magnifiés, plébiscités, imposés. Comment décider par nous-mêmes dans un tel vacarme omniprésent ? Comment y préférer être potelé plutôt que "affiné" ? Comment résister quand la logique commerciale dominante est de nous faire ressembler aux normes mondialisées diffusées avec insistance et puissance ? Ce modèle valorise l'image, le factice, l'instant et l'émotion, aux dépens du sens, la réalité, la continuité et la raison. L'industrie des régimes tourne à plein régime (un quart des Français a tenté de maigrir au cours des 12 derniers mois : 32 % des femmes, 15 % des hommes), mais le nombre des obèses et des déprimés du pèse-personne ne diminue pas. Le secret est de polichinelle et il n'est de pire sourd que celui qui ne veut entendre. Car chacun devrait reconnaître, au bilan des expériences personnelles comme des scientifiques, que dans près de 85 % des cas, les régimes, ça-ne-mar-che-pas. Régime exutoire, régime faire-valoir ou placebo illusoire : beaucoup se trompent de cible quand ils décident de maigrir. Car enfin, pourquoi maigrir ?

Paris, début du XXIe siècle. Vous promenez votre minceur avec ostentation car vos formes font plaisir à voir et affichent autant votre souci de réussir que d'appartenir à une échelle sociale élevée. Paris, début du XIXe siècle. Vous promenez votre embonpoint avec ostentation car vos formes font plaisir à voir et affichent autant votre souci de réussir que d'appartenir à une échelle sociale élevée. En quelques générations seulement, le symbole s'est inversé. Dans une société d'abondance, la minceur est devenu un signe de reconnaissance d'une élite, la réussite est proportionnelle à la légèreté, l'insouciance des apparences, alors que l'embonpoint est devenu synonyme de laisser-aller, maladie et précarité. Dans une société de plus en plus conditionnée et surveillée, le corps se fait forger, sculpter et dompter. Dissociés de ce que nous sommes vraiment, nos corps deviennent des enveloppes de représentation, des cartes de visite standardisées et livrées à la tyrannie du regard des autres. Une carte de visite volontiers tatouée, "piercée", ou transformée en œuvre d'art, voire en clone de Pamela ou de Barbie par la magie du bistouri. Une carte de visite volontiers, aussi, martyrisée. Maigrir est une épreuve de volonté à la mode. Parfois même un mode de vie où l'enfer du décor au quotidien révèle d'étranges pratiques d'auto-punition, où l'on réduit sa pitance comme on fait pénitence, où chaque kilo perdu apporterait un ersatz de bonheur, voire de sainteté. Est-ce une si bonne raison pour maigrir ? La chasse au 0 % de matière grasse amène vite au 0 % de matière grise.

Rêvons un instant. De résister et ne plus obéir aux messages dominants, de décréter que la banalisation n'est pas la normalité, de traiter tous les modèles à "l'antimythe"...

Rêvons qu'aux OGM, malbouffe et vache folle, nous choisissions, nous les gourmets et gourmands, de nous opposer avec humilité et chacun à notre façon. Par exemple en préférant les produits du terroir, en adoptant une alimentation naturelle et de bon sens, certainement à base de fruits et légumes, le dernier îlot de propreté exempté (mais pour combien de temps encore ?) des expériences des Dr Mabuse, Moreau, Frankenstein et Folamour. Imaginons que nous puissions choisir et associer nos propres "être bien", "bien-être", "bien-vivre", "bien-vieillir", "savoir-vivre", "savoir-être", "savoir-manger", en toute liberté. Rêvons de maigrir si tel est notre nécessaire besoin de santé, non pas en mangeant moins, mais en mangeant mieux. Imaginons que nous puissions aussi faire "maigrir" notre vie, l'alléger du superflu, la simplifier, et nous aurions vite découvert que, un cran en dessous, juste un cran en dessous, la vie est tellement plus facile, simple, douce, harmonieuse, heureuse... Bonheur rimerait enfin avec Minceur.

Ce n'est qu'un rêve ? Mais le rêver, c'est déjà s'en approcher... Et nous sommes de plus en plus nombreux à faire le même rêve. Ici, comme à l'autre bout de la planète...

Que les vents vous soient favorables et vous emmènent jusqu'au bout de vos rêves.

Et surtout, vivez bien...

☞ Dominique Glocheux

N. B. : les conseils proposés dans cet ouvrage ne sont pas des recommandations médicales, et reflètent uniquement l'opinion de l'auteur.

*Le flashage de cet ouvrage
a été réalisé par l'**Imprimerie Bussière**
l'impression et le brochage ont été effectués
sur presse Cameron dans les ateliers
de **Bussière Camedan Imprimeries**
à Saint-Amand-Montrond (Cher),
pour le compte des Éditions Albin Michel.*

*Achevé d'imprimer en février 2003.
N° d'édition : 12814. N° d'impression : 030989/4.
Dépôt légal : mars 2003.*
Imprimé en France